KB164388

먼지는 무슨 힘으로 뭉쳐지나

먼지는 무슨 힘으로 뭉쳐지나

정복여 시집

차 례

제 4 부

제 1 부

나무 연못

나무들은 제 그늘만큼의 연못을 품고 있다
스스로 빠져서 깊어지는,
멀리멀리 퍼져나가는 잎의 파문들,
저 물결 속으로 뿌리들 자란다

동쪽에서 뜨던 해가
서쪽으로 가다 나무 정수리에 올라
그늘이 곧 너의 연못이라고 전한다
그 마음을 받아 못 속을 가는 나무
미처 잘못 떨어진 낮별도 가라앉아
나무는 더욱 깊어지는 바닥을 간다

바람이 불어 물결이 휙 쓸린다
나뭇잎 몇몇이 지워지고
그 그림자 받아 안은 바닥의 한부분이
뿌리의 안쪽에 닿아 있는 것이 보인다
나무들은 저렇듯 뿌리깊어
제 몸을 출렁이는 것이다

앞뜰에 봄

모과나무 위에 줄무늬참새 한마리
쪼. 쫏. 쪼.
스타카토로 떨어뜨린 울음이
마른 가지를 붙들고 늘어진다
사월인데 왜 아직도 이 모양이지
아직 열리지 않는 창문을 두드리며
밤색털머리를 갸우뚱

이를 보던 아침이 허리 휘게
첫햇살 한묶음 꺾어오더니
창틈으로 길게 들여넣는다
페르마타~

천사거미

   그동안 잘 지냈구나 그동안 배불렀구나 계약기간이 끝나고 빛바랜 그물을 거둔다 외로움의 못으로 걸었던 초생달이며 거기 구름액자를 내리며, 그동안 즐거웠구나 내 공기밥이었던 날개야, 하루살이야 여전히 유리창에 이마를 기댄 여뀌야 그런데 내 신발 못 보았니
   나무색 줄무늬, 그동안 까마득히 잊었던 서른살 신발
   이제 보니 저기 창밑에 끈 떨어지고 찢어진,
   나도 몰래 세월이 얼마나 신고 다녔는지
   밑창이 너덜너덜 구멍 뚫린 날들,

   잔뜩 많아진 나를 꾸려놓았는데
   밖은 온통 허공에 바늘바람 압정을 뿌려놓은 듯 낯선 별밭

자연이 자연을 먹는다

창문을 열어둔 날이면
아직 채 여물지 않은 풀빛 모기들이 천정 가득하다
목재소 나무와 나무들의 습지를 떠나
형광 불빛을 찾아 날아든 날개들
벽에 앉은 작은 모기는 손이 스치기만 해도
검푸른 얼룩으로 뭉개져버리는 투명한 몸을 갖고 있다
흰 벽지 위 거꾸로 매달린 날개들
날개 밑으로 떨리는 발들이 보인다
방안은 이런 날으는 자연으로 술렁인다

나도 길게 누운 한마리 자연으로 천정을 보는데
자연 한마리가 팔뚝에 내려와 앉는다
자연이 자연을 먹는다
잠깐 다녀간 자리마다 붉은 반점을 남기는,
부풀린 만큼 훼손된 자연을 손톱으로 할퀴며
나는 전자모기향을 꽂는다
자고 난 아침이면
누운 자리 양옆으로 무수히 떨어진 날개들
나는 굳세게 살아남은 자연이 되어
진공청소기로 죽은 자연을 빨아들인다

K는 조명 속으로 걸어들어가

연극배우가 되고 싶은 K는
청계조명상가 앞을 지나다 이상한 조명등을 들여다본다
비누방울처럼 작은 몸을 부풀리며 뛰어오르는
푸르고 붉은 빛들이 서로 몸을 부딪쳐
또다른 빛을 만드는 쇼윈도우
그 유리의 안쪽을 서성이던 그는
달처럼 둥근 노란 등 속으로 들어가 배우가 된다
등 속에 숨었던 푸른빛이 걸어나오고
무대의 막이 오른다
그는 한번도 읽어본 적이 없는 대사를 걱정하지만
곧 그의 눈은 말을 하기 시작한다
가끔 오른팔을 높이 들기도 하고
무대를 한바퀴 돌아 멈추기도 하고
빠르게 돌아서는 뒷모습이기도 하는
귀에 들리지 않는 그의 말들은
무대 위 둥근 조명에 부딪쳐
무대 밖으로 튕겨나간다
객석 한구석에서 시작한 빗방울이
극장을 메우기 시작한다

점점 커지며 쏟아지는 갈채소리
빛의 원을 만드는 색깔들이
그의 앞을 뛰어 지나가고
조명상가 철제 서터는
빛들을 가두고 천천히 막을 내린다

깊은 방

내가 세들어 사는 이곳에 아주 오래된 연못 하나 있었다
계약서에는 없던 무수한 물방울들이 처음 발을 들여놓자
사각의 방 모서리를 허물며 둥글게 안으로 흘러들었다
내 호흡의 울림으로 연못은 여러 개의 둥근 원을 그리기
시작하였다
둥글게 흔들린 물방울들이 놀라 서로의 몸을 바라보면
그 빛에 잠을 깬 물개암나무가 주위를 두리번거리고
수면 위에는 오래된 연잎이 몇몇 모여 아직 오지 않은
꽃을 기다린다고 말하였다
몸 기울여 연잎의 깊은 뿌리를 들여다보았을 때
그곳에 나 이전의 어떤 빛이 나를 보고 있었다
흰 달의 그림자 같기도 한 그 빛은 내게
무슨 말을 하는 듯
못의 한가운데에 솟은 작은 산 하나 보여주었다
산은 연못보다 더 오래된 깊이를 알고 있는 것이 분명하였
다
사자처럼 생긴 바위는 연잎의 뿌리에 닿아
그 뿌리에 사는 빛의 그림자를 안고 있었다
나는 그 바위 아래서 잠이 들었다

내가 눕자 연못도 함께 누웠다
그러곤 보일 듯 말 듯한 바닥을 내게 주었다
그 이후 나는 날마다 내 열쇠 하나로
어떻게 이 연못을 잠가두고 나갈 수 있을까 걱정하였다

저녁, 풀밭에 누우면

누군가 있어야 되겠다는 생각을 한다
그 누군가가 다른 누군가로 바뀌기도 한다
그러나 그건 중요치 않아
생각이 점점 어두워진다
무거워지고 단단해진다
모래의 마음에 돌이 된다

그 옆에 누군가 없어도 되겠다는 싹이 튼다
정말 괜찮겠다는 뿌리가 돌 밑으로 뻗는다
돌 위로 풀이 무성해진다
언덕을 이룬 숲으로 붉은 바다가 흘러간다
흐린 별이 돌 속으로 스며든다
돌이 차가워진다

옷자락을 여미면 돋아난 몇가닥의 풀잎이 보인다

빛의 나라로 가는 자전거

쇠줄셔터가 내려진 쇼윈도우 앞
좌판 위에 금빛 자전거들이 나란히 놓여 있다
카바이드 불빛 아래 노인이 납철사를 구부린다
둥근 바퀴를 만들고 있다
처음과 끝을 맞물려 또 하나의 철사를 몇번 말아 쥐고
자전거의 몸체와 연결시킨 두 개의 동그라미
원의 한 부분이 바닥을 짚고 일어서 바퀴가 된다
방금 만들어진 자전거에 노인이 금빛 스프레이를 뿌린다
황금빛이 달라붙은 날개를 만든다
반백의 머리 아래 그의 눈이 빛난다
빛나는 눈이 도시 한가운데를 뚫고 지나간다
빛이 머무는 저기는 지구의 어디?
나는 그 빛을 따라 들어가
금빛 자전거 하나를 고른다
그리고 힘껏 빛의 페달을 밟는다

나무 빈 의자
四季 1

무엇보다도 마음이 가는 것은 뒤뜰에 놓인 나무벤치에요
식탁에서 일어나 부엌으로 난 작은 창을 열면
키작은 솔나무 숲 사이로 보이는 나무 빈 의자
저기 기대인 보랏빛 여뀌열매, 발밑에 깔린 풀융단,
그 위로 꿈처럼 반지꽃이 군데군데 피어 있어요
한낮에 슈퍼를 다녀가던 똘스또이나 스땅달도 잠시 쉬었
다 가는
거기 오늘은 내가 앉아보기로 하였어요
푸른 느티나무 양복 속 그 늑골 아득한 그곳에
저녁 하늘 꽃물이 천천히 흘러내리고
가을 심장 깊이 나는 흔들흔들 뭉게구름이 되어가지요
저만치 카추샤가 땅 위를 두리번거리며 걸어오네요
아마 한낮에 떨어뜨리고 간 외투 단추를 찾는 듯해요
나는 목에 둘렀던 스카프를 풀어내어 머리에 써봅니다
갑자기 한무리의 새떼들이 발밑으로 날아들어요
깃털을 푸덕이며 낮동안 묻혀온 햇살을 털어내고 있군요
햇살이 잘게 반짝이며 땅속으로 스며드네요
가물가물 멀어지는 한낮을 하나둘 세고 있는데
옆을 지나던 바람이 어깨를 툭 치며 지나갑니다
내 한낮은 저기 내 방에 벌써 데려다 놓았다구요

업동이풀

어디선가 풀씨 날아와
내 창틀 위에 자리잡았다
바람이 겨우 뭉쳐놓은 흙먼지 위에
어떻게 그 몸 심었을까
씨앗 속 흰 실핏줄 어기영차 밀어내더니
오늘 보니 작고 둥근 세계 하나
아직 누군지 모를 저 탄생을,
저 연둣잎이
뭐라고 말할 듯,

두 입술 같은 잎이다

아무도 없는 저녁을 위하여

우선 둥근 손잡이를 누른다
그리고 왼쪽으로 천천히 돌리면
프로판가스를 밀어올리며 당겨지는 생각들
위에 올려진 인덕션 냄비가 뜨거워지기 시작한다
수도꼭지에서 뽑아낸 적당한 분량의 시간은
뜨거운 바닥에서 하나둘 기억의 공기방울을 만들고 있다
젖은 기억들이 바닥을 떠나 물의 표면으로 뛰어오른다
무수한 기억의 입들이 보인다

이쯤에서 토막친 물좋은 오늘을 집어넣는다
어슷 썰은 푸른 기대도 한움큼
베란다 너머 자라던 저녁해도 조금 뜯어다 넣고
골목을 뛰던 소리들도 다져넣으면
오늘이 부드럽게 익어간다
어둠을 담았던 가장 움푹한 그릇을 챙기며
선반 위에 낮게 깔리는 고요로 간을 맞추는
오늘의 요리,
빈방 가득 저녁이다

왼쪽은 어지러운 생각과 함께

딱딱한 기억을 베고 잠이 들었던가
옆으로 돌아눕자 무엇인가 어깨를 당기는 것이 있었다
그것은 내 몸을 조금씩 조여갔다
얇고 끈끈한 실들이 몸 전체를 감아가고 있었다
지난 밤 벽 위에 집을 짓던 작은 거미 한마리
그놈을 그냥 놓아둔 것이 잘못이었다
놈은 밤 동안 침대로 올라와 내 몸을 친친 감고
나를 타고 기어다니고 있었다
목과 가슴 사이에 얽힌 거미줄을 떼어내면
손가락에 척척 달라붙어 끈끈한 액이 묻어났다
오른손의 거미줄을 떼어내면 거미줄은 왼손으로 옮겨갔다
손이 닿는 데마다 끈끈한 액체가 길게 늘어났다
팔을 벌린다거나 몸을 뒤틀 때마다
거미줄은 여러 갈래의 거미줄이 되었다
나는 차츰 알아볼 수 없는 모습으로 묶여지고 있었다
그리고 조금씩 벽 가장자리 거미의 집으로 끌려가고 있었다

나는 기꺼이 그 집으로 들어가기로 하였다

생생하게~ 비바체멘테*

무수한 조각별 무더기 돋아난다
느린 주황별 하나가 길을 잃고 내 가슴에 부딪친다
보이지 않던 하늘 저편의 흙알갱이다
방금 태양을 지나왔는지
울퉁불퉁한 이마엔 빛을 가득 흘리고
붉은 얼굴은 아직도 타고 있다
나는 이 별이 식기 전에
내 지구의 언어를 달아주기로 한다

빠르게 Enter!

  * 음악용어로 빠르게, 생생하게.

비단가리비

四季 2

서랍 하나가 이상하다
누군가 열어보고 황급히 닫은 듯
아귀가 잘 맞지 않아
삐걱이며 열리는 나무서랍
무엇이 들었는지 잊었던,
비단가리비, 그리고 흑산도
산 채로 가져와 삶아먹은 바닷살
아프로디테라고 적어두었던
쌉쌀한 바닷물이 살았던 그 집
유황처럼 온 섬을 녹여내던 그 일몰이
그냥 그대로 껍데기에 말라붙어서
아직도 서랍 속을 불태우다가
내가 먹은 오래 전 그 바다를 부르고 있었던 것
이제 생각하니 그래 그 저녁,
바닷마을 소리지르며 따라 달리며
숨가쁘게 타던 그 태양이
내 흑산도 서랍을 열어보았던 것이 분명하다

그리움

물방울 화석이라는 것이 있다 빗방울이 막 부드러운 땅에
닿는 그 순간 그만 지각변동이 일어 그대로 퇴적되어버린,
그러니까 정확하게 말하면 빗방울 떨어졌던 흔적, 빗방울의
그 둥글고 빛나던 몸이 떨어져, 사라져, 음각으로 파놓은 반
원, 그때, 터진 심장을 받으며 그늘이 되어버린 땅, 이를테면
사랑이 새겨넣은 불도장 같은 것,

구름패랭이

우린 서로 임자몸을 찾아 너는 내 거야 뭐 이렇게 사랑도 하는데 아무리 내 거라고 소리쳐도 너는 네가 아니고 나는 내가 아닌 걸 그럼 지금 우리가 서로 안고 있는 건 하늘로 솟아 있는 붉은 봉분, 빛이 들어오기 전의 깜깜한 두엄더미, 썩은 향기로 핀 아지랑이 씨방, 이를테면 와글와글 살고 있는 저 허허벌판의 꿈, 너도 아니고 나도 아니어서 잡을 수 없어 그러나 영혼도 가끔은 잠긴 문을 열어 지금은 붉게 달궈져 순간 한몸이 되는 그 무엇,

광화문, 그 숲의 끝에 서서

지난해 당신이 보낸 크리스마스 카드 속 눈 덮인 상수리나무숲, 그 숲을 걸어들어간 나는 발자국마다 다시 내려덮이는 눈을 뒤돌아보며 어딘가에 숲이 끝나는 길을 찾고 있었다 눈 위에 다시 눈이 쌓이고 눈의 무게를 견디지 못한 가지들은 마른 뼈마디를 부러뜨리고 그때마다 나무들은 온몸을 흔들어 겨울을 털어내곤 하였다 흐린 하늘에도 태양은 있어 나무들의 언저리를 둥글게 비추기도 하였지만 초점이 어긋난 빛의 선들은 곧 스스로 빛을 삼켜버리곤 하였다

그해 겨울이 녹으며 그 숲에는 너도밤나무, 산이스랏나무, 떡갈나무, 어린 가시나무들도 함께 살고 있는 것이 보였다 나무들은 바람을 불러모으며 가지 끝으로 푸른빛을 밀어내고 물이 오른 등 위로는 하늘다람쥐가 미끄러져 오르기도 하였다 숲은 이미 더욱 깊어져 내가 처음 만난 숲은 아니었고 뒤돌아보면 지나온 날들이 키작은 풀잎으로 누워 길을 내고 있었다 그렇게 여러 날이 지나고 다 자란 나뭇잎들이 제 몸의 열기를 견디지 못해 붉고 노랗게 타오르기 시작하더니 마침내 낯선 공기 속으로 가벼워진 몸을 둥글려 언덕을 넘어가고 있었다 간혹 바람을 만나지 못한 잎새들이 나무 주위에 남아 서걱이기도 하였지만 잎을 잃은 나무들은 이런 일에는

익숙하다고 수런거리고 있었다 그때 내 몸을 돌아 울리는 바람소리가 들렸다

　우린 더욱 단단해지고 있어요 둥근 밑둥이 되어 있는 발등을 가리키는 나는 어느새 작은 상수리나무 한그루가 되어 있었다 처음부터 숲은 내게 함께 있었고 없기도 하였다 이제 잎이 떠난 내 머리 위로 눈이 쌓인다 그렇게 차갑지만은 않은 세월이 마른 어깨 위에도 쌓이고 나는 오늘 광화문에서 크리스마스 카드를 산다 당신에게 보낼 집 한채, 흐린 불빛을 보내는 작은 창, 그 그림의 첫장을 넘기며,

　'12월, 숲의 끝'이라고 쓴다

감자꽃 폐가

무당거미 한마리 있었네
집안에 그물을 쳤네
그의 그물 솜씨 하나 놀라운 것이었네
몸속에서 은실을 뽑아내고 있었네
몇몇의 밤눈 어두운 날것들
그 빛에 발이 빠졌네
거미 더러는 파닥이는 사랑도 먹었네
몇개의 사랑이 몸속으로 흘렀네
그런 일들로 그물은 조금씩 작아졌네
더이상 걸어다닐 필요도 없었네
그리고 배고프지도 않았네
꼼짝도 하지 않는 여러 날이 가고
거미 몸속에 모든 빛알갱이들
가득 자라서, 터져서
그 집 조금씩 허물어졌네
그렇게 얼마 후
저 은빛 실타래 감자꽃이 되었네

꽃잎 속에 떨고 있는 검은 다리

은빛가루를 잔뜩 묻히고 보일 듯 말 듯
꽃술인 듯,

제 2 부

모든 상징은 어둠이다

그는 나무를 깎는다
그는 나무의 나이테를 도려낸다
나무의 내부가 송두리째 빠져나온다
그의 나무깎기는 나무의 둥근 둘레를 위한 것이다
그의 발밑으로 나무가 되었던 날들이 쏟아진다
푸른 잎으로 가는 정거장, 거기 촘촘히 줄을 섰던
햇빛들이 흩어져 허둥대며 집으로 돌아간다
흙빛을 벗으며 솟았던 몸이 가는 물기둥들은
땅 가까이 볼을 부비며 쓰러지고
방금 가지이던 바람이 그의 등을 쓸고 있다
이제 그의 나무는 텅 빈 둥근 원이다
그는 말한다 모든 형태의 내장된 어둠은
어딘가에서는 빛이 된다고,
비로소 온통 나무인 나무가
한그루 서 있다

김요슬은 텍스타일 디자이너

S방직 김요슬은 텍스타일 디자이너
그가 만든 디자인이 영리한 옷감에 달라붙는다
첫번째 작품은 목소리가 따뜻한 사람을 향한 것이다
둥글고 긴 목을 감아 도는 흰 스탠드 칼라는
누군가인 그가 이야기할 때마다 빛나는 튤립으로 변한다
그러면 모두들 말한다
다시 한번 이야기 해봐요 해봐요
당신 목에서 꽃이 피고 있어
꽃피우고 싶은 사람들, 따뜻해진다
꽃들 여기저기 피어난다
꽃들 보도블록 위로 걸어간다
지하철 무더기로 꽃이 탄다
간혹 그러다 지는 꽃도 있지만
밤이면 제각기 꽃을 벗어두고 잠이 든다

S방직 연구실 푸른 형광등 빛 속
따뜻한 사람 기다리는 작품 I 있다
마네킹이 웃어보려 하고 있다

아르바이트하는 여자

하루에 두 시간 그녀는 아르바이트한다
그녀는 일하기 위하여 우선 화장을 지운다
그리고 가장 피부에 가까운 일백 퍼센트 코튼 면을 걸치고
가장 완벽하게 설계되었다고 자부하는
인체공학의 고탄력 스프링침대에 눕는다
이제 그녀의 잠은 상품이다
그녀는 지상에서 얻을 수 있는 최상의 안식을 보여준다
매장을 들렀던 사람들이 제각기 구두소리를 들고 다가와
그녀를 돌아 꿈꿀 수 있는 그들만의 장소를 발견하기까지
그녀는 한순간도 방심할 수 없이 편안해야 한다
그녀의 침대는 날마다 팔려나간다
그녀가 뿌렸던 행복한 잠들을 싣고 스프링이 막 트럭에 오
를 때
가공한 꿈들은 지하 차고로 쏟아져내린다
시효가 끝난 꿈 위로 둥근 타이어 자국이 찍힌다
간혹 타이어의 톱니에 끼인 꿈이 차고를 빠져나가기도 하
지만
한번도 햇살을 본 적은 없다

그녀의 잠은 그녀의 삶,
그렇다면 누가 사가는 걸까?

기억은 스프링노트 속에서

내 기억은 스프링노트 속에 산다
무수한 기억은 번호도 없이 모여 있다
창을 열어둔 날이면 바람이 페이지를 넘긴다
한 줄에서 두 줄 사이에 숨었던 마른 기억은
습기를 만나면 모양이 살아난다
가만히 들여다보면 키가 커진 기억이다
기억은 기억들끼리 모여 밥도 먹는 모양이다
언제인지 서로 옷도 바꿔입은 모습이다
줄의 한쪽에 웅크린, 이 빠진 기억이 보인다
다리를 절룩이며 줄넘기를 하는 기억도 보인다
처음엔 그들 소리를 들을 수 있었다
서로를 불러달라는 외침들이 이제는
알아들을 수 없는 말로 그들끼리만 이야기한다
표정을 보면 얼마만큼은 짐작할 수 있지만
그들은 나를 잊은 듯한다
나는 틈만 나면 스프링노트를 뜯는다
나를 버린 기억들을 흔적까지 없애버리려 한다
그러나 내 노트는 뜯으면 뜯을수록 많아지는
푸른 속지를 갖고 있다
기억의 스프링이 터질 듯 튕겨오르고 있다

꿈꾸는 사업

집을 한 다섯 채 지어서 세놓을까

한 채는 앞마당 바람 생각가지 사이에, 한 채는 초여름쥐
똥나무 그 뿌리에, 다른 한 채는 저녁 주황베란다에, 또 한
채는 추운 목욕탕 모퉁이에 지어,

한 집은 잔물결구름에게 주고, 한 집은 분가한 일개미가
족에게 주고, 또 한 집은 창을 기웃대는 개망초흰풀에게, 한
집은 연못가 안개새벽에게 그리고 한 집은 혼자 사는 밤줄거
미에게 주어,

처음에는 집세를 많이 받겠다고 하다가
다음에는 집세를 깎아주겠다고 하다가
결국은 그냥 살아만 달라고 하면서
거기 모여사는 착한 이웃 옆에
나도 그렇게 세를 놓을까

비

四季 3

호수에 비 긋는다

긴 사선을 끌고 오던 구름이
한방울 둥근 몸으로 떨어진다
수면이 파인다
순간 짧게 튀어오르는 몸
오랜 허공이 실타래처럼 감긴 저 몸
물 위를 뛰쳐나오려다
그만 제 몸에 겨워
수면으로 다시 쓰러지고 만다

마을로 가는 저 수천의 몸

조화롭게~ 콘체르토*

운현궁 뜰 은행나무는
은행잎만큼이나 많은 귀를 갖고 있다
잎새를 읽고 간 바람의 말
소낙비, 진눈깨비가 가지에 걸어놓은 말
나무 아래를 지나던 사람들 목소리나
너무 키가 커서 보이지 않던
땅 가까운 민들레 작은 울음까지
푸른 부채꼴 귀에 모으고
밑동은 그 소리들로 몸이 굵었다
홍선이 살던 안채에 꽃소리 새소리
我在堂 흰 비단버선 마루를 쓸던 소리
그후 알 수 없이 빗장이 걸리던 소리
굳게 닫힌 솟을대문 안에서
봄이면 다시 열리는 푸른 귀
해마다 그 소리들 되살아나 열매를 맺고
운현궁 뜰 무성해지면
이를 아는 사람 몇몇 몰려와
비닐봉지 가득 나무의 말들을 싸들고 간다

　* 두 개 이상의 악기를 조화롭게 연주하는 협주곡.

변주해서~ 바리아찌오네*

양귀비씨 창가에 심어두었다
알맞게 젖은 흙을 덮어두고 잠든 밤
꿈속에서 싹이 돋아 꽃 피고 열매도 맺었다
설익은 열매에 상처를 내고 나는 그 즙을 핥았다
통증에는 제일이야 속삭이는
꽃잎의 붉은 입이 보였다
입 속에 가득한 흰 수액을 타고 가면
소용돌이 깊은 꽃수렁이 있었다
마지막 내 머리카락까지 꽃물이 되어
나는 알맞게 젖은 흙속에 뿌리를 내렸다
폴란드 전투에서 죽은 영국 병사의 피가
내 심장을 지나가고 있었다
둥둥둥 북소리가 나를 달리고
높이 솟은 깃발이 태양을 향해 치솟고 있었다

　그렇게 잠이 깬 후 아주 여러 날이 지나도 양귀비는 아무
소식이 없다 그렇다면 혹시 저 속의 씨앗들, 정말 그 밤 내게
그 혼을 심고 내 속에서 싹틔우는 걸까? 거울 속 나를 들여
다보니 고동색 눈조리개 촘촘한 주름 사이로 무엇인가 언뜻

스치는 듯, 흔들리는 듯

* 짧은 주제로 리듬, 가락, 화성 등을 다양하게 꾸민 변주곡.

마주 보이는 자줏빛 소파

마주 보이는 저 자줏빛 소파에는
콧등에 땀이 송글한 미스 김의 서류봉투가 눕기도 하고
집이 없다는 동냥 온 지팡이가 기대어 있기도 하고
맨담스킨로션 김과장의 담배연기가 앉기도 하고
약속다방 짧은 스커트 꽃보자기가 함께 있기도 하고

마주 보이는 자줏빛 저 소파에는
오후 세시의 햇살이 놀다가 졸기도 하고
가을잎 포플러가 끝자리에 앉기도 하고
그 옆 벤자민 그림자가 나란히 어깨를 기대기도 하고
산들바람이 지나가다 들러
앉을까 말까 망설이기도 하고

저 마주 보이는 자줏빛 소파에는
미처 낱말이 되지 못한 키보드 자음이 튕겨지기도 하고
간혹 떨어지다 부딪쳐 음표가 되기도 하고
들릴 듯 말 듯 그 자리에
아침에 핀 노랑 장미가
향기만 있다가 꽃잎만 있다가
그렇게 잠깐씩 숨바꼭질하기도 하고

달팽이 여자

베란다에서 빨래를 널던 그녀가 문득 창밖을 본다 물끄러 미 바라보는 풀밭, 풀잎 사이사이 바람이 있다 저 풀잎들 바람의 말이다 그녀는 거기 서서 잃어버렸던 말들을 줍는다 풀밭의 문을 열고 들어가면 생각의 한 끝이 말을 터뜨리기도 한다 풀밭은 조금씩 수런거리고 다 주워담지 못한 말들은 풀물이 들어 풀못이 박힌다 더듬더듬 말들의 틈으로 디밀어지며 한낮을 빠져나온 방이 축축하게 부풀어오른다 길 없는 길이 길이 된다 그러다 저녁에 이르면 낮 동안 숨었던 찬 몸들이 데구루루 풀밭 구릉을 굴러서 느릿느릿 어느 진흙별에서 왔다가 다시 어느 진흙별로 가는 것인지 몸을 옮길 때마다 길이 등에 감긴다 마른 빨래가 물기를 지나오듯 그렇게 날마다 길이 그녀를 지나면 실타래처럼 뚱뚱해지는 어기영차 그녀의 방 아무리 가도 그녀의 방 아침이면 언제나 똑같은 햇살이 우유투입구로 밀려들어오는 방

귀 가

등에 업힌 아이가 나를 보고 있다
올이 굵은 오렌지색 스웨터에 한쪽 볼을 짓이긴 채,
아이의 깊은 눈동자가 내 몸에 와 박힌다
잠시 흔들리던 내 동자는 미세한 힘으로 저항하다가
곧 풀이 죽어 눈이 시리다
아이의 검은 동공이 내 온몸으로 퍼져나간다
나는 지금 저 아이에게 꼼짝할 수 없다
얼마 후 아이는 검은 눈동자의 포박을 풀어주면서
만족스레 엄지손가락을 빨고 있다
내게서 무엇을 가져간 것일까
그동안 버스에는 몇몇의 사람들이 내리고
다시 몇몇의 사람들이 올라탔다

나는 어깨에 멘 가방을 앞으로 당겨
아무도 모르게
남은 내 시간을 더듬어본다

새장사

한 남자가 앵무새 장사를 한다
말 못하는 앵무새를 팔다보니
말하는 앵무새를 팔고 싶어져
새끼 앵무새 백마리를 산다
커다란 새장을 만든다
새장의 네 모서리에 스피커를 단다
그리고 새들이 배울 말들을 방송한다
잘 팔리는 말들이 녹음테이프에서 뛰어나온다
뛰어나온 말들이 새장 안에 쌓인다
말들이 새장 안에 가득 찬다
그러나 어느 앵무새도 말을 먹지 않는다
누구 하나 한마디 말을 하지 않는다

어느날 우연히 새장 앞의 한사람
앵무새는 단 한사람에게서만 말을 배운다고
그렇게 말하며 지나간다

걸어다니는 냉장고

싱싱냉장고를 열면
피넛식빵은 사흘, 앙팡우유는 이틀, 오이, 베이컨, 소시지,
모두 각기 다른 유효기간을 달고 있다
날마다 나는 가장 임박한 날짜 하나씩 먹어치운다
방부제가 섞인 날짜는 하루이틀 정도는 여전히 유효해
나는 내 방식대로 계산된 날짜를 적용한다
입 속에서 유효기간들이 잘게 부서진다
위장을 지나간 날짜들은
큰창자 부분에서 새로운 유효기간으로 바뀐다
장소를 옮길 때마다 유효기간이 조금씩 늘어난다
내 혈관은 이런 날짜들로 가득해진다
걸어다니는 냉장고, 몸이 걸어간다
이를테면 하루이틀쯤은 날짜를 넘겨도 좋은
그 거대한 누군가의 먹이가
지하 전동차 안으로 들어간다
덜컹, 서로 어깨를 부딪치는
손잡이에 매달린 빽빽한 유효기간들
방부제가 섞인 표정들이 모두 한곳으로,
둥근 터널 속, 어둠으로
휙 빨려들어가고 있다

낙하사 가는 길

산길 바닥에 물웅덩이
거머리 한마리 산다
한세상, 아직 피둥한 살이다
하늘과 땅이 한몸인 수면
그 원탁의 밥상에 일용할 양식이 그득하다
오늘 메뉴는 신갈나무즙과 산딸기프루트
어쩌다 낙하사 가는 사람,
저 달작한 살집도 있어 생피가 돈다
방금 식사를 끝낸 거머리
구름 아이스크림을 후식으로 빨다가
흑갈색 몸을 한번 뒤척인다
결고운 바닥 진흙이 밀려나가면
웅덩이 온몸을 진저리치고
말라가는 몇겹의 진흙 나이테가
그렇게 한 이승을
뙤약볕으로 실어나르고 있는데,
이를 모르는 거머리 달콤한 낮잠에 든다
옆에 먹다 만 아이스크림 풍경이
무심하게 녹아흘러 산등성을 넘어간다

겨울 선생님

운현초등학교 4학년 2반 자연실습장에는
무우며 배추들이 그대로인 채
밭이랑은 겨울방학중이다
밑동을 퍼렇게 드러낸 가을의 학습을 뽑아보니
드러낸 부분이 전부,
흙속의 수업은 짧은 잔뿌리뿐이다
어쩌면 용케도 보이는 부분만 자라난
그 모습을 잘도 보여주었구나
학습을 마친 아이들
씨앗은 땅 속에서 움 틔워 땅 위로 자란다고
산 교육의 공책을 덮고 돌아간 뒤
그후 몇번의 눈이 내리고
무우나 배추 열매는 언 땅이 되어간다

여기 바람 부는 교실에서
해마다 아이들이 쓰다 버린 자연 공책에
'그래서 어떻게 되었다'를 쓰고 있는 겨울 선생님
가을 키작은 시선이 얼어붙은 밭두렁에
아주까리 한그루가 꾸부정히

말라 비틀린 열매를 매단 채
혼자 열심히 수업중이다

길 위에 문

방금 정류장을 지나온 버스가
슬레이트 지붕의 철공소를 보고 있다
철제 문짝들이 즐비하다
기름때로 얼룩진 얼굴이 문을 만들고 있다
철판에 벽돌색 스프레이를 뿌리면
주위는 적색 안개로 자욱하다
손잡이가 달릴 부분이 둥글게 뚫려 있다
둥근 구멍 저쪽에 보이는 공기들 혹은 빛들
그것들이 바쁘게 뛰어오른다
어딘가로 가서 열리고 닫힐 문들이
지금 일렬횡대로 만들어지고 있다

저기 문 안으로 들어가는 장미꽃
저기 문 안으로 들어가는 야구모자
저기 문 안으로 들어가는 등 굽은 스웨터,
문 밖을 오고 가는 길 위의 발들을 세는데
버스는 신호를 받아 출발한다

횡단보도를 지나는 둥근 손잡이들
덜컹, 또다른 문으로 들어가기 시작한다

즉흥적으로~ 토카타*

책상 위에 깃털 하나 떨어져 있다
몸에서 방금 뽑힌 듯
아직 따뜻한 온기가 느껴지는
반질반질한 단백질이 묻어 있다
오늘 아침 갑자기 천둥 비바람 뒤
햇살이 쨍 내리쬐더니
그 순간 창문으로 누군가 다녀가고
여기 그 흔적을 두고 갔다
이 생생한 실체
나는 깃대를 손에 쥐고 가슴이 두근두근
환한 책상을 쓰다듬으며
아니, 여기 누군가가 오고 그 흔적이 날아갔구나
하루종일 그 흔적이 궁금하다

   * 즉흥적, 기교적인 건반 음악의 짧은 형식.

생울타리

새순이 많이 돋고 밑가지는 튼튼할 것
내가 심어둔 생울타리, 쥐똥나무는
정말 새순도 많이 돋아
내가 '아'라고 한 말을
'아야' 라든지 '아이구' 혹은
'아니라고 말했잖아 이 새끼야'
뭐 이런 말로 싹을 틔우고
가지를 있는 대로 키워서는 단단하게 밑동을 박는다
그러니까 나는 내가 한 말보다 더욱 많아진
말로 울창해진 울타리
가을엔 쥐똥나무 소문이 다닥다닥 열리고
사람들은 잘 만들어진 내 울타리를 기웃거리지
그러나 그들이 볼 수 있는 건
울타리보다 조금 높은 창틀뿐인 걸
'창문이 열린 걸 보면 누가 살긴 사나?'
그렇게 사람들 지나가고 나도 그 옷자락 기웃거리면
빽빽이 키워낸 쥐똥나무 이파리가
힘껏 나를 막아선다
쥐똥나무, 그 주제에

무슨 사명감의 완성을 보려는 듯
밖이면 밖, 안이면 안, 어쨌든 열심히
모든 생을 막아내고 있다

제 3 부

생각달팽이

달팽이 한마리 간다
플라스틱 유리에 길을 내고
물을 좋아하다가 싫어하다가
넣어주는 상추잎을 조금씩 갉아먹으며
길 위에 푸른 똥으로 길찾기 표시를 한다
언젠가는 누군가 찾아올 거야
오르막이며 커브길에 그어놓은 푸른 줄무늬
그러나 날마다 지나간 길을 다시 가다가
푸른 줄무늬도 지워지고
그 누군가가 '나'인 것을 알게 될 때까지
그때까지 그렇게 살아만 있다면
지구만 둥근 것이 아니라
이 네모난 플라스틱통 속도 둥글다는 것을
다른 누군가에게 소리치고 싶어
그 생각이 그만 둥근 길에서 미끄러져
까마득히 어딘가로 다시,
나선형의 몸 하나
달팽이 간다

꿈의 출구가 있는 내 방은

집을 나온 꿈이 아침 위에 앉아 있다
잠이 보내온 반투명한 물방울들
둥근 표면 위에 그려진 꿈의 표정들이 보인다
원의 안쪽에 어둠을 품은 빛나는 저 눈동자들
내가 현관을 나설 때 물방울들은 따라나온다
땅에 구를수록 흙빛이 짙어지는 꿈들은
걸음 걸을 때마다 소리를 내는 둥근 사슬이다
사람들은 그들도 모르게 내 꿈을 밟고 지나간다
밟힌 꿈들은 모양이 변하여 매달려 있다
회전문 틈에 끼였던 사슬이 일그러지며 무거워진다
나는 정오의 어느 골목쯤에서 이들을 버리기로 한다
현세약국을 돌아 나오다 재빠르게 벽에 몸을 붙인다
방심한 꿈을 따돌렸다 생각했을 때
꿈의 사슬들은 다시 발목을 잡는다
나는 하루 동안 더욱 무거워진 꿈을 끌고 돌아온다
꿈의 출구가 있었던 내 방은
이런 뚱뚱한 꿈들로 가득하다
밤이 지날 때마다 집을 나온 꿈들은
이제 커다란 몸으로 출구를 찾지 못한다

내 거미

四季 4

일박이일의 검열이 있었다
장총처럼 아버지를 앞세운 엄마가 현관에 들어서면
집안의 모든 집기들은 긴장한다
의자들은 똑바로 앉아 있는가
마루에 아무렇게나 살던 타월은
욕탕으로 돌아가려 안간힘을 다하고
방금 통화를 끝낸 수화기는 입을 쓱 닦는다
액자 속을 빠져나와 나뒹굴던 포도알이
뒷걸음치는 내 맨발에 으스러진다
낮게 깔리던 먼지들이 순간 습기를 만나
포복하며 바닥으로 짙어진다
일차 검열을 끝낸 엄마가 부엌으로 들어간다
폭탄장치 같은 냉장고를 열어젖히며
검열관의 집중 탐문이 시작된다
유효기간을 끝낸 봉지들이 내팽개쳐진다
쉴새없이 떨어지는 '……해야지' 명령
검열을 마친 검열관이 돌아가고
원상복귀한 내가 목욕탕으로 들어간다
그런데 세상에

벽과 벽, 그곳에 살던 거미, 그리고 집은?
나는 뛰쳐나간다
엄마 내 거미는 어디 있어요 내 집은!

먼지는 무슨 힘으로 뭉쳐지나

누군가의 뒤 그 구석구석에

털실보푸라기, 모기찢어진날개, 바오밥나뭇잎, 모닥불남
은껍질, 네안데르탈검은머리카락, 피톨속을뛰쳐나온단세
포, 책상모서리떨어진나이테, 페르샤의담요그씨줄, 음표에
서흩어진메아리, 치약을빠져나온페퍼민트향기, 팽이무지
개회오리, 대모산가을햇볕, 그리고 부서진사철나무빗방울,
아-이-우-오-에-으-애-야- 이 균들의 홀씨들,

회색 구름뭉치를 닮아 서로 모여 조금씩 움직이기도 하는
지구에 부딪쳐, 떨어져, 흩어진,
우리는 별의 식구
함께, 별이었던

떠나온 몸으로 돌아가려 한다

블루터마린*

왜냐하면요⋯⋯ 있잖아요⋯⋯ 나는⋯⋯ 요⋯⋯ 아주 커
다란 생각주머니가 있거든요⋯⋯ 그게 말이에요⋯⋯ 내가
울 때면요⋯⋯ 고 주머니는요 코딱지처럼 요만하게 쪼그라
들어요 음⋯⋯ 그게요⋯⋯ 여기에요 여기, 머리털 속에 뼈
가 있는데요 그 뼛속에 들어 있어요
　아이는 눈을 동그랗게 뜨고 두 손으로 머리를 가리킨다
　그 주머니는 아주 커다랗지만 조그맣게 접을 수도 있어서
　어떤 때는 엄지발가락 끝까지 내려오기도 한다고 한다
　어제 동생을 발로 찬 것도 그 생각주머니인데
　엄마한테 혼난 나는 억울하다며
　아이는 피자조각을 입에 넣으며 생글 웃고 있다

　동그란 눈, 까만 저 큰 주머니
　햇살 한자락이 쏙 들어가고 있다
　언뜻 푸른 파도무늬 솔기가 보인다

　　* 푸른빛 투명한 보석.

내나무개미

내나무개미 나무 속으로 올라간다
땅에서 아주 멀어진 개미들이
겨울을 지난 첫번째 마디를 건너
다시 두번째 마디를 넘어
내나무개미들 떼지어 올라간다
흙을 파던 앞더듬이발을 세워
내 숨구멍에 아이젠을 찍으며
살찌는 나를 쉴새없이 파낸다
높이 오를수록 내나무는 좁아져
많은 개미들 까마득히 떨어져내리고
떨어져 쌓인 개미를 딛고서
몇몇의 내나무개미들
내 속을 다시 오르기 시작한다
오래 전 흙빛을 잃은 등은
청록빛으로 투명해지고
나무 가장 높은 정수리에 하켄을 꽂으면
내나무는 개미들로 가득 푸르러진다

바다풀밭

새털이거나 양떼 모양의 겉장을 넘기면
촘촘히 적힌 글자들 보인다
19××9월×일 입안에서 모래알이 된 솜사탕 19×8×월5일
원피스에 붙박인 물무늬 1××27월×× 얼룩초록 개구리× 날
숨과 들숨의 목울대 ××8×4월×× 바다에××× 신발××××
푸른 목걸이×× 엄마거울× 셀프×아직도 흙이 붉은 사랑×
××샴푸×진흙을××소×귀뚜××편××9×크로×호텔××지축
행 지하철×××뱀파이어자주립스틱××

페이지 가득한 날들, 너무 멀어진 얼굴들은 잘 보이지 않
아
간혹 암호로 쓰인 M이라든지 P라는 말은 누군지, 어딘가
해독법을 써놓았던 비밀의 파도, 그 페이지를 찾으면 태양은
마지막 주홍빛을 쏟으며 쓰러지고
차가운 검은 활석 하나 풀밭 위에 놓인다 철썩! 그 어둠으
로 풀잎들도 짓이겨지고 서늘하게 구름도 책장도 닫히는 저
녁,

캄캄한 일기장 저기 흘러간다

꽃, 그 꽃자리

왜 맨날 꽃이지
한줌 흙도 없는 허공, 왜 맨날
내 속에서 꽃이 피는 거야
뿌리내릴 곳 없어
마른 실핏줄을 타고 어기여차
그렇게 밑동이 다 낡아서
한송이 꿈 뚝뚝 떨어져
한잎 한잎 찢어져
그만 꽃이 아니고 말아
그러면 또 한 꿈 힘껏 몸을 만들어
몸을 부풀려 몸을 피우지
번지는 꽃멀미 회오리, 돌아누우면
실패한 꽃들의 비릿한 향내가
뱀처럼 생긴 몸을 길게 풀어
오래되고 어두운
꽃병 속을 기어나오네
낡은 유선형의 꽃돌기
꽃병의 덩굴 문양을 붙들고
애써 다시 피려는 눅눅한 꿈

여기, 젖은 침대에
몸 뜨거운 이 꽃자리,

거 미

오늘은 정기 소독일
밖으로 통하는 하수구마다
독한 염소를 뿌려넣었다
집안 구석구석 스미는 살균의 냄새
목욕탕 속 거미 한마리 생각났다
몇달 전 내게 진을 치고 들어앉더니
조금씩 집을 늘려가고 있었다
오늘 아침에도 나는
놈의 불안하게 커진 등을 노려보았다
너는 매일 물방울을 베고 누워서
내 알몸으로 살이 오른 것이지
여기 덤으로 에프킬라까지
어디 한번 살아나봐
나는 목욕탕 문을 닫아버렸다
차마 내게 사는 너 쫓아내지 못했지만
죽고 나면 깨끗이 정리하리라
그러나 나는 앉지도 서지도 못하고
안절부절 왔다갔다하다가
그만 황급히 문을 열어주고 말았다

나는 웬일인지 그놈의 목숨만은
가늘게 살아 있기를 간절히 바라고 있었다

삼나무 관

삼나무 한그루가 깜박 잠이 들었을 때
아무도 모르게 생겨난 한 가지
어느날 나는 그 가지 하나로 태어났다
등이 휜 바늘잎은 나선형으로
갈색의 오랜 날들을 촘촘히 박아놓고
거기 한단락처럼 내 기억이 싹트기 시작한 곳
울창하던 숲이 모래언덕이 되고 물줄기도 되던
그곳에서 몇해씩은 죽어 있기도 하던 몸
그러나 나 이전의 나무도 나여서
내가 모르는 수액을 가득 출렁이며
내게 무어라 노래하고, 귀기울이면
오래된 내가 바람을 빌려 보여주는 몸짓들
가늘고 마른 잎새를 마구 휘흔드네
저기 나뭇잎 갈라진 틈새의 하늘이 나인 것은 분명한데
가지에 걸린 저 푸른 달도 나였음이 분명해
그렇다면 여기에 온통 나, 모두가 나뿐이라니
이렇게 누워도 나는 언제나 키큰 삼나무 하나로 서 있고
자고 난 아침이면 어쩌다 내 가지를 물어준 작은 깍지벌레
그 붉은 반점이 와락 반가워지는

내가 사는 이 삼나무, 내 삶나무 관
오늘도 그 속에 힘찬 내 수천년의 피돌기들

푸른 늪속, 생각은 참을 수 없어

이제 이 생각은 끝이야
대뇌부 한쪽 벽에서 유연하게
뻗어나가던 히드라
촉수 하나를 싹둑 잘라낸다
내 의지의 날카로운 가위날
순간 녹색 젤리의 몸은 꿈틀거리며 고통으로 쪼그라들고
잠시 후 긴 원통 모양의 팔이 잘려나간 생각은
상처가 아물어 아무 일도 없었다는 듯 평안하다
그렇게 하루가 지나간다
그리고 또 하루 다시 하루
이쯤해서 머릿속을 들여다보라구
믿을 수 없는 두 마리의 히드라
잘려진 촉수에 다시 소화주머니가 생겨나고
소화주머니 원통에는 참을 수 없는 팔들이 생겨난
동강나기 이전의 완전한 모습,
히드라 두 마리가 꿈틀거린다
내가 기억하지 않은 또 하나의 기억이 무섭게 촉수를 키우며
서로 잡아먹기라도 할 듯이
대뇌부 푸른 벽에 몸의 한부분을 붙이고
쉴새없이 날름거리고 있다

동충하초

　한낮 가득 잠이 배어들자 침대에서 마룻바닥으로 아래층으로 다시 아래로 마침내 부드러운 흙속으로, 가라앉는다 오른손 검지손가락에 화단의 가는 흙뿌리가 걸리는가 싶더니 곧 풀려나간다 아득한 벽, 귀기울이면 오래된 아이들의 노랫소리, 나도 거기 서서 미루나무를 목청껏 부르고 있다 나뭇가지 가득한 음표들이 햇살에 흔들릴 때 다음 가사를 잊어버린 내가 볼이 빨개져 음악책을 뒤적이면 흠뻑 젖은 잠이 한 방울 뚝 떨어진다 어느새 적갈색의 벽은 황금빛으로 바뀌어 있다 벽의 눈부심이 온몸에 쏟아부어져 나는 황금빛으로 칠해진 X자 모양의 밀랍인형, 그대로 천정을 보는데 저기 또 누군가 내려온다 천천히 내게 포개지는 X와 그리고 저 아래 먼저 와 있는 X는? 나는 여섯 개의 눈과 열두 개의 팔다리와 다시 다섯 개의 입과 수천수백만 머리카락, 나는 자꾸만 뚱뚱해진다 내가 베고 누웠던 오늘, 그 속에서 내 몸은 그대로 황금빛 덩어리, 굳어가는 혀로 말을 해본다 이렇게 너무 깊이…… 무거운……, 이제 나는 통째로 잠이다 그러면 불룩해진 뱃속의 낯선 노랫소리, 점점 커지는 이건 또 어떤 생인 것이지?

도깨비엉겅퀴
四季 5

오늘 내 마음 한칸 태웠다
오래도록 빈방이었던 곳
누군가 오리라고 믿었던 곳
둥근 등 밝히고
창을 열었다 닫았다
지쳐 문간에서 잠들던 곳
반질반질 닦여진 나무 창틀과
철마다 갈아주던 비단베갯잇,
켜켜이 햇살 넣어 말린 목화솜 이부자리에
기름 한통 들이붓고 불을 댕겼다
그런데 착하던 불구덩이
지가 무슨 화산인 듯
길길이 날뛰더니 폭발하더니
타고 난 그 자리에 남긴
뜨거운 가시사리 하나,
내 온방을 들쑤시고 있다

벚나무박각시나방

四季 6

언제나 그곳에는 내가 있었다
아직 푸른 무릎과 이마
옷깃이 스치기만 해도 묻어나는 풀물들
나는 풀숲을 뛰어다녔다
흠뻑 젖은 원피스, 붙박였던 꽃잎이 살아났다
제각기 다른 꽃들이 내 다리를 휘감으며
새로운 꽃잎을 만들어 달았다
꽃줄기가 등 위를 타고 올랐다
턱밑까지 가득 출렁이는 수액
나는 순식간에 꽃나무가 되었다
꽃불로 터진 이마를 바람이 쓰다듬으면
상처에서 노래가 흘러나왔다
노래는 나뭇가지에 앉아 푸른 잎이 되었다
풀숲은 그렇게 조금씩 흔들리고 있었다
그리고 몸을 부풀려
천천히 떠오르기 시작하였다

브릴리언트 아콰마린*

지붕 가까이 내려와 놀던 하늘이
엎드려 내 가게를 들여다보다
구슬 하나를 떨어뜨립니다
놀란 하늘이 잡으려다 그만 놓치고 맙니다
하늘 앞치마 가득 가지고 놀던 구슬
그렇게 한 구슬 내려와
내 유리에 길다란 금 하나 만듭니다
투명해서 보이지 않던 유리문이
분명한 문의 모습을 보여줍니다
하늘이 손을 길게 뻗어 만져보려 합니다
순간 나머지 구슬들도 와르르 쏟아집니다
둥근 몸속에 어쩌면 저처럼 많은
사선의 금들을 말아두고 살았는지
유리 위로 무수한 금들이 생겨납니다
구슬들 부딪치는 소리도 생겨납니다
단단한 유리문이 깨어집니다
문밖의 싱싱한 비린내가
안으로 확 몰려옵니다
오랫동안 왜 아무도 오지 않았는지

내 앞에 쌓인 유리 한조각을 집어올리며
나는 그 이유를 이제야 알았습니다

 * 가장 빛을 많이 반사할 수 있는 브릴리언트 기법으로 깎은
   무색투명한 보석.

이상한 침대

밭이랑에 살던 외현호색 마른 잎을 모아
그 위에 흑산도 저녁 해를 깔고
그 위에 모래언덕에 떨어진 쌍둥이 유성을 깔고
그 위에 목련과 함께 떠난 봄비를 깔고
그 위에 양수리 겨울 강물결을 깔고
그 위에 들릴 듯 말 듯 풀벌레 노래를 깔고
그 위에 반지꽃 피운 일곱잎 클로버를 깔고
그 위에 마른번개를 깔고
그 위에 번개 사이로 떨어진 하늘을 깔고
그 위에 하늘이 되지 못한 상수리나무를 깔고
그 위에 딱따구리 나무색 울음을 깔고
그 위에 색깔마다 맛이 다른 드롭스를 깔고

생의 스프링을 삐걱이며
날마다 다시 떠나는 길

내가 사는 방으로 전화를 한다

점묘법으로 그려진 바다공중전화 카드를 밀어넣으면
출렁~ 은행나무 잎그림자가 흩어져내리고
방의 한모서리가 가늘게 떨며 전화를 받는다
벽을 타고 오르는 인동당초 꽃잎이
저렇게 붉게 짙어지고 있어요
책갈피 속 글자들은 몸을 일으켜
다음 책장을 넘어가고 있구요
작은 틈 사이의 먼지들이 반짝이며 뛰어나와
당신이 먹던 참치 통조림으로 식사를 하고
당신이 쓰던 브렌닥스 칫솔로 이를 닦지요
그러곤 날마다 당신 침대 속에서 잠이 들어요
지금 이 소리 들리시나요
잠을 깬 한 당신이 슬리퍼를 끌며 욕실로 가고 있어요
또 한 당신이 수도꼭지를 틀고 사과를 씻고 있어요
당신이 없는 사이 이렇게 많은 당신이 생겼어요
저기 당신은 옛 친구가 보낸 안녕의 편지를 읽고 있군요
둥글게 말린 긴 방의 목소리가 풀려나오고
거리의 마른 모래알들이 모두 쏟아져나와
내 방으로 흘러가는 소리를 듣는다

제 4 부

잎, 이파리들

햇살이 나무에 무수히 금침을 놓는다
밑동에 박혀 있던 언 바람이 풀리고
뿌리 환하게 물이 돌아
톡톡 불거져나오는 빛의 눈들,
나무는 따뜻한 봄침을 따라가다
이따금씩 그 햇살을 구부려 잎을 만든다
잎맥들도 주욱 나아가 잎을 넓히고
그렇게 잎잎들, 빛타래 풀어
스스로 초록 풀옷을 짜입는다
너도밤나무 상수리나무, 이런 나무들의
이파리를 들여다보면
거기 금침들,
고스란히 박혀 있다

신팔만대장경

자작, 단풍, 산벚, 굴거리 숲에는 제각기 이름이 다른 몸이
있어 한 자작이 이제 막 어린 티를 벗으면 산벚은 봄볕에 탄
이마가 제법 높아지고, 병풍 뒤 돌배잎은 어렵게 매단 돌배
아이를 감싸안아, 그 옆으로 불붙은 열매를 달래다 온몸이
불이 붙어 타오르는 후박, 그리고 희미한 화폭 뒤에 나란히
갈참나무는 재가 된 제 몸을 하나둘 낯선 봄 쪽으로 날려보
내네 모두들 흔들리다가 뜨거워지다가 그렇게 가벼워지다
가,
거기 언뜻 겨울 밑그림이 보이는 듯

숲은 그렇게 잘 벼른 태양으로
봄 여름 가을을 모두 불러내어
생것들의 참뜻을 꼼꼼히 새겨넣고 있습니다

여치 읽기

　흘러가는 대로 독서하는 롤랑 바르트, 그의 시니피앙 위에 여치 한마리 앉는다 창으로 들어온 창밖의 연둣빛이다 날개가 미처 자라지 않은 모습에 불뚝한 배와 꼬리가 더 길다 화면 스물여섯째 줄, 의미중심이 없다 부분에서 숨을 들이쉬고 내쉬고, 배의 주름이 접혔다 펴졌다 화면에 붙어 빛을 마시고 있다 쾌락적 구조를 따라가던 나는 갑자기 모니터 밖으로 미끄러지며 여치를 잡으려 오른손 엄지와 집게손가락을 모은다 나는 지금 여치와 모니터, 그 조직을 향하여 포복한다 날개를 잡으려는 순간 전지적 시점의 여치가 날아간다 천정 가까이 형광등을 한바퀴 돌더니 문틀 위에 앉는다 이번에는 까치발에다 오른손을 힘껏 뻗어 여치를 잡는다 여치는 필사적으로 나를 빠져나가다 오른쪽 다리 하나를 내 손에 남긴다 저기 왼쪽 다리 하나의 뒤뚱대는 여치 한마리가 유리창에 앉는다 그리고 조금 전과는 다른 새로운 구조 속으로 여치 한마리 날아간다 체제 속을 이탈한 그 구조의 가늘고 긴 한 조각을 내 손바닥 위에 남기고,

　나는 다시 흘러가는 대로 그러나 한손에 여치 하나의 조직을 들고서 조금 전과는 다른 모니터 안으로 들어간다

다시 여름산

그 여름 한 산이 무너졌다
부서진 산의 파편들이 나를 지나며
흙속에 얽힌 뿌리며 갈퀴넝쿨의 음표를 내게 던진다
오늘 내 계곡에 풀이 자란다
산이 소리치며 흘러간 벼랑에서
다시 산이 될 듯 우거지는 나의 숲
우렁우렁 현을 고르는 저 침묵들
내게 술잔은 그대로이고
테이블도 의자도 얌전한 오늘 저녁
턱밑까지 뻗어오는 뜨거운 뿌리들
부서지며 부풀어오르는 이 붉은 흙
그때 그 노래다
폭발하는 초록들이다

길이 길을 간다

교차로에서 신호등 건너 왼쪽으로 우체통 찔레꽃 지나 소
방소 환한 골목길 오른쪽 고동색 벽돌집 담장 허무는 개 짖
는 소리 왼쪽으로 달팽이 오솔길 마른 해바라기 목이 꺾여
눈 흘기는 그 길 따라 노을 타는 성황당 지나 풀 뜯는 흑염소
식구들 도랑 건너 다시,
　저 길로 가는 사람들, 바람들, 나무들

오늘 그 길 다시 보인다
구파발 로터리에서 싸리마을로 향하는 굽은 등
노인의 단풍무늬 살 속에 감춰진 길
어깨를 돌아나가며 하늘이 닿아 있는 저기,
그 마을들 고스란히 들어앉아 있다
길가 수도꼭지에서 수돗물을 들이켜는 목이 휜 저 길
오래된 세월이 모두 구겨넣어진 채
아주 많은 길을 가다 아주 길이 되어버린 몸이
다시 또 길 떠나려는,

노인의 등, 환하게 길이 길을 간다

깊은 마당

방배동 룸살롱에 나간다는 하늘나리가 떠나고 나니
옆집에 서울제비꽃 새댁도 주섬주섬 치마폭을 접는다
파란 비단이 햇볕에 바래져 희미하게 웃는 듯, 마는 듯,
아니 벌써?
가을 어디쯤 괜찮은 아파트라도 얻어둔 것일까
야외박물관 야생화 부분에 세들었던 이웃들
그렇게 하나둘 떠나고 나면
맥문동 정수리에 피웠던 보랏빛 좁쌀꽃은
반짝이는 흑구슬로 단단하게 영근다
이사온 지 어언 삼년
이제 제법 모래돌 틈을 헤집어
뿌리도 깊어 굳세게 푸른 이파리들 만들고
홀로 겨울을 견딘다 소리치니
땅속에서 떠난 이웃들의 뿌리가 모두 일어나
무슨 소리, 여기 우리들이 모두 있잖아
맥문동 뿌리 옆구리를 흔든다
빛나는 저 맥문동 흑진주, 부끄러워 떼구루루
마른 땅 위로 떨어져 굴러간다

색채를 들고 다니는 아이들

알파색채 공장에서는
빛을 버무려 크레파스를 만든다
자동작업대 바닥을 지나온 양철 은빛은
창을 넘어오는 바람의 빛과 비의 빛 그리고
마른 꽃잎들을 모아
작업하는 스카프 속 흰 살빛을 버무려 색을 만든다
빛들을 꼭꼭 눌러넣은
서른여섯 개의 색들이 분류된 옷을 입는다
아이들은 투명한 가방에
색들을 넣고 다니며 그림을 그린다
달리아 꽃송이에 칠해지는 빨강색 위에서
팔각 작은 기둥에 가두어졌던 빛들이 뛰어나온다
나뭇잎 가깝게 떨어지는 고동빛과
아이 발등에 떨어져 양말이 되는 노랑빛
더러는 건너편 초록 기와가 되기도 하고
십자가 높이 뛰어올라가 회색 구름이 되기도 한다
아이들은 꽃에 남아 있는 붉은 흔적을 들여다보며
그곳에 함께 있었던 바람과 소리들
그리고 젖은 꽃잎들을 이야기한다

저기 햇살이 길을 건너는 신호등 너머
비닐가방을 들고 뛰어가는 아이들 작은 발꿈치에
수많은 색깔들이 따라가고 있는 것이 보인다

접속하다

닭의장풀 마른 가지가
달빛에 걸려 있습니다
허리가 휜 채
아직 붉은 닭의장풀 발등을
내려다보고 있습니다
달빛이 마른 등을 두 번 두드리자
늑골의 마지막 습기를 밀어냅니다
피돌기를 끝낸 몸속으로
달이 흘러듭니다
발등에 남았던 푸른 피는
조금씩 밀려나 하얗게 비워집니다

몸속에 흰 피가 돕니다
달의 실핏줄도 생겨납니다
점점 둥글어집니다
환하게 불이 켜집니다

사방은 온통 고요로 일렁이고
들판은 그렇게 있는 힘을 다해
달을 뿌리내리고 있습니다

갈참나무의자

맨 처음 말을 어떻게 할까, 안녕하세요 초록물!

그러면 단번에 우리 풀밭을 기억해낼까 나란히 누웠던 자리에 클로버, 짓이겨진 슬픈 풀내를 부드럽게 어루만지던 붉고 둥근 돌, 그 불룩한 한가운데를 지나가던 병정개미떼들과 귀기울이면 들려오던 땅속 나라의 이상한 속삭임과 머리 위에서 줄무늬구름나비들로 흩어지던 청색 하늘을 모두 내 목소리 하나로 기억해줄까

나는 날마다 '안녕'이라고 적어둔 그의 버튼을 누른다

그의 책상에게 그의 침대에게 그의 자명종 그의 바바리 그의 타월 그의 치약 아아 그의 실핏줄 나는 쉴새없이 신호를 보낸다 그의 모든 그에게 그때 함께 키운 우리 둥근 나이테, 지금도 당신 몸속에 그대로 소용돌이로 있는지

나는 차마 그 말을 하지 못하고 그만 수화기를 놓는다 그리고 다시 맨 처음으로, 어떻게 말을 시작할까 내 몸속에서 끓어오르던 그때 그 봄 여름 가을의 바람회오리 조금씩 그 둥글음이 깊어져 초록 못으로 박힌 여기 이 짙은 당신 눈동자를,

거울이었던 거울

바닷가에서 거울 하나 주웠다
오랫동안 버려졌던 듯
주물이 군데군데 녹슬고
거울에 녹이 번져 있다
나는 거울을 닦으며 들여다본다
거울은 내 눈을 피해
내 뒤편의 하늘을 보고 있다
구름조각 하나가 왼편으로 들어오더니
천천히 오른편으로 나가더니
이번에는 가득 모래알이다
언젠가 바람이 살다 간 군데군데 작은 언덕
가만히 보니 파인 자리마다 그늘이 산다
그런데 그늘 밑에 저 한 모래알
어디서 많이 본 듯해
젖은 듯 검은 머리며 흰 이마
좀처럼 말을 할 것 같지 않은 입술이,

세상에, 엄마! 왜 거기 있는 거야?

세기의 현미경

아이가 씽크대 앞에 서 있는
나에게 초점을 맞춘다
엄지와 집게손가락을 벌렸다 조였다 하더니
내 머리에서 발끝까지
한 공간을 만든다

　　　이것 보세요,

　　　이모는 여기 있어요

아이의 벌린 두 손가락 사이,
미처 거기 담겨지지 못한 나머지 나는
물소리와 함께 개수구로 빠져나가고
한순간에 아주 작아진 내가
아이의 손에 들려 있다

아이들은 폭죽을 좋아한다

솟구친 불의 덩어리가 터져나간다
불의 꼬리에 빠르게 뛰어달리는 빛의 줄기들
커다란 포물선으로 어둠이 깨어지며
떨어져내리는 빛의 비늘들
아이들의 함성이 빛을 받으러 뛰어간다
가장 늦게 떨어지는 작은 빛이 아카시아숲으로 스며든다
잠깐 푸름을 보이던 나무들은 단숨에 빛을 삼키고
빛이 떨어진 자리마다 캄캄한 불의 흔적이 남는다
언덕 위에는 두 손에 빛을 받으려는 아이들이
빛의 둘레에 둥근 원을 만든다
까치발을 한 아이들은
둥근 원의 안쪽에 고이는 어둠을 모르는 채
뜨거운 희망을 높이 더 높이 던져올린다

수양버들

　당신 방금 또 내 몸에 긴 실가닥을 감았군요 내가 빙글 돌 때마다 엉키는 이 물방울들을 보세요 자꾸 허리가 굵어지네 요 그래요 내 몸은 비가 친친 감긴 악보, 그만 풀어줘요 그리 고 잠깐만 저 문밖에 마일스 데이비스, 그 트럼펫이 마룻바 닥을 지나며 팽팽하게 당겨지는 이 리듬을 만져봐요 사실은 이런 젖은 실타래는 싫어요 잘 짜여진 날개를, 잘 부풀린 공 기주머니를 그런 것을 오오오 볼륨을 더 높이고,

　방은 따뜻한 난류로 가득 차 오르고 나는 수초 한자락으로 쓸려갑니다 솟구치듯 그렇게 뛰어서, 아 하나! 간단한 물 고 비를 넘자 이제 막 몸속으로 한 음표가 밀고 들어오면서 공 기방울을 만들었어요 이제 보세요 공기주머니를 힘껏 부풀 려 수면에 닿으면, 그 순간 이 몸이 펑 터지며 튀어올라 저기 저 천정 지나 둥둥 허공에 멋지게 스며들어볼게요 근데 저 아래 뚱뚱한 당신 실패, 여전히 퉁퉁 불어 나뒹구는 내 여름 의 밑동은 어쩌지요

저 녁

새끼 참새 한마리 부엌 창, 그 방충망을 붙들고
부리를 콕콕 찧으며 "엄마 밥 다 되었어?"
눈이 딱 마주치자
"웩! 남의 집이다"
화들짝 놀라 친엄마에게로 달아나버린다

거기 어디 내가 끼여 살 곳 있을까
단감나무 이웃
그 저녁 방을 기웃기웃

얼 굴

　남극에는 해마다 내린 눈이 얼음이 되는데, 차곡차곡 쌓인 얼음에는 눈 내렸던 당시의 공기도 쌓인다는데 밝혀진 바로는 얼음 1kg당 평균 50cm³나 되는 공기가 있어, 가장 밑바닥에 있는 얼음은 아주 먼 옛날의 공기를 연대별로 지니게 된다는데,

　사람들 얼굴도 그런 눈 내리는 남극의 얼음산 같아 오래된 얼굴일수록 수많은 '지금'의 공기들이 촘촘히 층을 이루다 그 두께에 언뜻 어떤 무늬가 비치는데 그때 그것이 바로 우리가 표정이라고 하는 것, 다시 말하면 공기화석, 흐리거나 개인 공기, 바람이나 진눈깨비, 뙤약볕 세상이 내려쌓이고 그 세상들 녹지 못해 그대로 굳어버린 옛 지금들의 화석층이지 그러니까 우리들의 표정은 누군가의 지나온 시간을 총체적으로 설명해주는 과학적 고증자료인 셈인데 정작 사람들은 제각기 쌓인 얼굴이 너무 깊어서 다른 누군가를 자세히 들여다봐야 하는 그러한 발굴은 엄두도 내지 못하는 것이다

입 춘

四季 7

우리 나룻배 타고 떠나요
저기 겨울 강에서
그냥 그렇게 떠나기로 해요
내 편지 받고 나루터에 나온 바람은
아직도 발이 얼어 있어요
우리 모든 기억을 배에 실어도 언 발 녹지 않아
아무래도 난 안되겠어
내 바람은 나를 보내며
잘가요 내 사람아
그렇게 마른 억새풀 숲에서 울고 있어요

그때야 뜨거운 설움이 떨어져
조금씩 얼음 풀리는 강

우리는 때때로 미래를 보듯 과거를 보고

그때 무슨 일이 있었던 것일까 티라노사우르스렉스? 아파토사우르스? 바다를 향하던 발자국이 갑자기 무엇엔가 놀라 멈춰선 듯 마지막 앞발톱 부분이 깊게 패어 있다 고성군 덕명리 상족암, 그 누군가 분명 여기 서서 무엇을 보았던 것이지 갑자기 솟아오른 뜨거운 호수, 마그마가 폭발하고 녹아내리던 산과 그 무엇? 어쩌면 이 검푸른 바다와 건너편 이층베란다 갈매기횟집, 그리고 선글라스와 청바지로 직립한 내 모습, 이 놀라운 미래와 눈이 마주친 것은 아닐까 검게 퇴적된 바위숲 나는 그곳에 내 맨발을 찍어보다가 차가운 바닷물 속, 그 일억만년 전의 물살 속으로 발이 빠진다 밀려들어오는 일억만년 살의 바닷몸, 벼랑에 선 듯 눈앞이 캄캄한데,

떠나온 세월의 옹벽, 그 무엇인가의 흔적은 지금은 그 무엇인가가 되어 동그란 눈을 크게 뜨고 다시 그 무엇인가인 나를 삼켜보고 있다

가벼운 이미지, 무거운 존재

손 진 은

1

정복여의 시는 세계의 본질을 투시하고 자기 식으로 구축하는 건축술을 가지고 있다. 우리 눈이 항용 질서라고 부르는 것들은 그의 미세한 감각의 돌기에 의해 해체된다. 그는 일상이 감추고 있는 현상이나 사실의 이면을 자신의 방법으로 드러낸다. 그는 "나무들은 제 그늘만큼의 연못을 품고 있다"(「나무연못」)고 쓴다. 또 나무라는 실체에 다가가기 위해 '나무의 나이테며 내부(중심)를 지워'(「모든 상징은 어둠이다」)간다. 이때 나무를 구성하고 있는 물질이나 기억들은 사라진다. 나무가 되었던 날들이 쏟아진다거나, 햇빛들이 허둥대며 집으로 돌아간다거나, 물기둥들이 쓰러진다는 것이 바로 거기에 해당된다. 마침내 다시 태어난 나무는 가시적, 일상적 나무가 아닌 "온통 나무인 나무"가 되어 그의 앞에 나타난다. 그는 나무라는 확정된 상징, 그 중심을 무너뜨리고 해체되어나올 때 상징이 된다는 것을 말하고 있다. 그에게 실제로 보이는 것은 상징체계가 아니다. 현상의 뒤에서 완강하고 신선하게 살아 있는 상징에 대한 믿음을 그의 시는 간직한다. 그의 중심 깨뜨리기는 "모든 형태의 내장된 어둠은/어딘가에서는 빛이 된다"는 세계의 근원적인 해체와 재건축의 인식에 기인한다.

현상에 대한 부정은 또한 일상적인 언어에 대한 불신에서도 드러난다. 그에 의하면 우리는 "내가 한 말보다 더욱 많아진/말로 울창해진 울타리"(「생울타리」)이다. 존재의 본질을 은폐하는 것이 일상적인 '말'이라는 것은 역설적이다. 진실을 가려버리는 일상적인 말의 번식력 때문에 실제로 나 역시 내가 누구인지도 모른다.

이러한 세계인식의 태도와 방법으로 시인은 자아와 세계 사이에 가로놓인 부정성 쪽으로 들어가기도 하고, 그 세계와 화해하지 못한 자아를 깊숙한 몽상의 세계 속으로 내려보내 자아의 응집과 확산을 시도하거나, 혹은 자연에서 그 초월의 열망과 의지를 불태우기도 한다.

2

'돌' '조개껍질' '방' '물' '먼지' '거미집' '주머니' '울타리' '둥근 유리' 등은 꿈꾸기 위해서 그의 자아가 들어가는 존재의 거소이면서 세계를 보고 느끼는 그의 상상력의 질료가 된다. 이런 상상력은 내면을 다룬 그의 시들에서 주로 드러나지만, 일상성이나 자연을 다룬 시들에서도 근원적인 힘으로 존재한다. "깊이 꿈꾸기 위해서는 '물질'과 함께 꿈꾸지 않으면 안 된다"고 바슐라르는 말했지만, 이 공간들은 세계에 대하여 절망한 자아가 자신의 내부로 들어가는 공간이면서, 동시에 자아가 세계와 부딪치는 힘이 되기도 한다.

그는 「저녁, 풀밭에 누우면」 같은 시에서 개체로서의 소외와
고독을 돌의 이미지를 통해서 견디면서 자아의 균형을 참으로
아름답게 보여주고 있지만, 자아는 항상 안정적일 수는 없다.
자아가 놓인 공간은 자주 그 자리를 움직인다. 이 공간들은 상
상력의 힘으로 무한히 변용하면서 몸을 바꾼다. 특히 '방'과
'물'의 이미지는 서로가 결합되면서 파문을 울리는 힘을 갖고
있다.

　　내가 세들어 사는 이곳에 아주 오래된 연못 하나 있었다
　　계약서에는 없던 무수한 물방울들이 처음 발을 들여놓자
　　사각의 방 모서리를 허물며 둥글게 안으로 흘러들었다
　　내 호흡의 울림으로 연못은 여러 개의 둥근 원을 그리기 시
　작하였다
　　　　　　　　　　　　　　　　　　　　──「깊은 방」 부분

　고독의 뿌리를 방의 깊이를 통해 보여주는 시이다. 일상적인
방은 그의 상상력에 의해 연못으로 변용된다. 말하자면 연못은
가시적인 것이 아니다. 방은 내 호흡의 울림으로 여러 개의 둥
근 원을 그린다. 여기서 우리는 방이 나를 있게 한 존재의 근원
과 닿아 있음을 알 수 있다. 특이한 것은 그 근원적인 공간이 우
리가 그것을 알아차리기도 전에 다가와 있으며, 우리의 눈이 거
기를 향할 때 이미 우리는 오래 전부터 보이지 않는 것에 소속
되어 있었던 것임을 일깨워준다는 것이다. 자아는 그 속에서 꿈
을 꾼다. 그러나 그 꿈은 타자에게 번번이 거부당하며 결국은
자신에게로 돌아온다. 「꿈의 출구가 있는 내 방은」은 시적 몽상
속에서 더 커지는 꿈들을 그리고 있는 시이다. 세상에 내보낸

꿈들이 현실에서는 적응하지 못하고 나에게 달라붙어 놔주지 않는다. 자아의 우울은 뚱뚱해진 꿈들로 뭉쳐져 있다.("꿈의 출구가 있었던 내 방은 / 이런 뚱뚱한 꿈들로 가득하다") '나'는 또 바로 자신에 의해 '무수한 나'로 증식(「내가 사는 방으로 전화를 한다」)되기도 된다. 타자의 간섭이 없는 이런 존재의 거소는 대단히 풍요롭고 충일하기는 하지만 내면성으로 인해 오래 지속될 수 없다는 한계를 가지고 있는 것이 사실이다. 이는 자아가 타자의 시선에 노출될 때 결정적으로 드러난다.

> 일박이일의 검열이 있었다
> 장총처럼 아버지를 앞세운 엄마가 현관에 들어서면
> 집안의 모든 집기들은 긴장한다
> 의자들은 똑바로 앉아 있는가
> 마루에 아무렇게나 살던 타월은
> 욕탕으로 돌아가려 안간힘을 다하고
> 방금 통화를 끝낸 수화기는 입을 쓱 닦는다
> 액자 속을 빠져나와 나뒹굴던 포도알이
> 뒷걸음치는 내 맨발에 으스러진다
>   (중략)
> 검열을 마친 검열관이 돌아가고
> 원상복귀한 내가 목욕탕으로 들어간다
> 그런데 세상에
> 벽과 벽, 그곳에 살던 거미, 그리고 집은?
> 나는 뛰쳐나간다
> 엄마 내 거미는 어디 있어요 내 집은!
>   ——「내 거미」 부분

장총으로 비유된, 키큰 아버지를 앞세운 엄마 앞에서 흩어져
있는 내 공간 속의 사물들은 아연 긴장한다. 그 당혹과 긴장은
미세한 몸떨림으로 감지된다. 의자와 타월, 수화기, 먼지, 심지
어 액자 속 포도까지 당황하여 움직이는 장면들은 통통 튀는 이
미지들의 속도감과 리듬으로 시의 재미를 한껏 더하고 있다. 검
열관이 돌아가고 난 뒤 '내'가 제일 먼저 들어가 확인하는 것은
목욕탕 안의 벽과 벽 사이에 살던 거미와 그 집이다. 이 시에서
거미집은 자신을 타자로부터 지키는 고유 영역이고 자신의 존
재 의미를 드러내주는 공간이며, 거미는 타자의 시선을 피해 살
고 싶어하는 자아로 나타난다. 그러나 다른 한편으로 '거미 집'
은 화자가 현실에 적응하기 위해서는 걷어내야 할 대상임에 틀
림없다. 시 「거미」는 이러한 결단 앞에 놓인 화자의 태도를 드
러내주는데, 시적 화자는 거미를 죽이겠다고 염소를 뿌리지만,
황급히 문을 열어주면서 "그놈의 목숨만은 / 가늘게 살아 있기
를 간절히 바"(「거미」)란다. 화자의 '고독'에 대한 애증의 양가
성을 보여주는 대목이다.

　정복여의 시에서 자아와 타자의 소통을 막는 벽을 제거하면
서 자아를 현실로 끌어내는 것은 자연이다. 「브릴리언트 아콰마
린」은 세계 내 존재인 '나'가 대상과 맨몸으로 만나게 되는 과
정을 드러내주고 있는 시다.

3

　우리는 「천사거미」에서 새로운 세계로 나아가는 자아의 머뭇
거림을 본다.

그동안 잘 지냈구나 그동안 배불렀구나 계약기간이 끝나고
빛바랜 그물을 거둔다 외로움의 못으로 걸었던 초생달이며
거기 구름액자를 내리며, 그동안 즐거웠구나 내 공기밥이었
던 날개야, 하루살이야 여전히 유리창에 이마를 기댄 여뀌야
그런데 내 신발 못 보았니

　　나무색 줄무늬, 그동안 까마득히 잊었던 서른살 신발
　　이제 보니 저기 창밑에 끈 떨어지고 찢어진,
　　나도 몰래 세월이 얼마나 신고 다녔는지
　　밑창이 너덜너덜 구멍 뚫린 날들,

　　잔뜩 많아진 나를 꾸려놓았는데
　　밖은 온통 허공에 바늘바람 압정을 뿌려놓은 듯 낯선 별밭
　　　　　　　　　　　　　　　　　　　　　──「천사거미」 전문

　"날개"와 "하루살이"를 공기밥으로 삼으면서 자신만의 내밀
한 공간에서, 끌어들인 자연들(초생달, 구름액자, 여뀌)을 친구
삼아 혼자 살던 거미는 세상 밖으로 나가려 한다. 그러나 벗어
두었던 나의 신발, 즉 전의 내 모습은 "세월이 신고 다"니면서
여러 '나'를 만들어놓았다. 더욱이 밖은 "낯선 별밭"으로 나를
차갑게 한다. 이 시는 내밀한 통로를 걷고 있던 자아가 실제로
는 은밀히 세상 속으로 들어갈 준비를 하고 있었음을 보여주고
있다. 바로 정복여 시의 현실성이다. 그는 현실의 차가움과 불
모를 몸에 심으면서 세상에 나온다.
　이런 차가움의 경험은 타자와 함께 있으면서도 물질주의의
회랑을 걷는 사람들 틈에 섞이지 않게 한다. 오히려 비판적인

거리로 일상성의 허위를 직시하게 하는 주변부의 인물로 자아를 몰고 가는 것이다.

「걸어다니는 냉장고」에서 '나'는 음식이 아니라 날짜를 먹어치운다. 입안에서는 유효기간들이 부서진다. "날마다 나는 가장 임박한 날짜 하나씩 먹어치"우는, "장소를 옮길 때마다 유효기간이 조금씩 늘어"나는 "날짜들로 가득해진" "혈관"은 걸어다니는 냉장고가 된 우리들 일상이 아닌가. "방부제가 섞인 날짜"를 먹는 우리들 혈관처럼, 삶의 본질을 잃어버린 생들은 의식하지도 못한 채로 한 곳, 둥근 터널의 어둠속으로 빨려들어간다. "손잡이에 매달린 빽빽한 유효기간들"은 그들 생의 유효기간이 얼마 남았는지도 모르는 도처에 널린, 흔해빠진 죽음들이다. 그것이 "싱싱냉장고"인 우리들 일상의 껍데기다. 그들은 '길 위의' 생(「길 위에 문」)들을 산다. 심지어 일상은 공격적인 이미지로 우리들 내부로 파고들기도 한다.

> 등에 업힌 아이가 나를 보고 있다
> 올이 굵은 오렌지색 스웨터에 한쪽 볼을 짓이긴 채,
> 아이의 깊은 눈동자가 내 몸에 와 박힌다
> 잠시 혼들리던 내 동자는 미세한 힘으로 저항하다가
> 곧 풀이 죽어 눈이 시리다
> 아이의 검은 동공이 내 온몸으로 퍼져나간다
> 나는 지금 저 아이에게 꼼짝할 수 없다
> 얼마 후 아이는 검은 눈동자의 포박을 풀어주면서
> 만족스레 엄지손가락을 빨고 있다
> 내게서 무엇을 가져간 것일가
> 그동안 버스에는 몇몇의 사람들이 내리고

다시 몇몇의 사람들이 올라탔다

나는 어깨에 멘 가방을 앞으로 당겨
아무도 모르게
남은 내 시간을 더듬어본다

——「귀가」전문

우리는 섬뜩한 한 시선을 본다. 그 공격성은 한쪽 볼을 짓이
긴 채, 몸에 박히고 세포 속으로 퍼져나간다. "흔들리던 내 동
자"가 "미세한 힘으로 저항"해보지만 꼼짝할 수 없다. 아이 눈
동자의 포박에서 풀려난 '나'의 모습은 쓸쓸하고 처연하다. 나
는 담담히 그 허무와 슬픔을 받아들인다. 결국 이 시는 아이 눈
의 공격성을 통해, 아이가 성장하는 만큼 나의 삶은 짧아지고
있다는 메시지를 담고 있다. 그의 일상성에 대한 투시가 존재론
적인 깊이를 가지는 부분이다.

시인의 일상성에 대한 관심은 생명이나 본질의 반대편에 놓
인 문명에 대한 성찰로도 연결된다. 「김요슬은 텍스타일 디자
이너」「아르바이트하는 여자」등은 우리들 일상성의 세목인 상
품, 즉 광고의 허위를 다룬 시들이다. 「새장사」역시 상품이 된
말, '팔리는 말'에 대한 시다. 시인이 지향하는 언어는 오히려
"잎새를 읽고 간 바람의 말 / 소낙비, 진눈깨비가 가지에 걸어놓
은 말 / (중략) / 땅 가까운 민들레 작은 울음"(「조화롭게～ 콘체르
토」)들이다. 그는 "은행잎만큼이나 많은" 은행나무의 귀를 보는
눈을 가지고 있다. 따라서 일상성에 대한 투시를 보여준 시들이
원시적 생명력으로 감염되어 있는 자연을 다룬 시들과 연결되
어 있는 것은 자연스런 일이다.

4

그의 자연을 다룬 시들은 물활론에 깊이 뿌리내리고 있다. 이는 인간과 자연을 연결시켜 사고하는 방식에서 기인하는데, 그 중심에 '나'의 존재에 대한 천착이 자리잡고 있다. 그에게 있어 '나는' 태초부터 지속되어온 뿌리를 가지고 있다. 「삼나무 관」에서 '나'는 삼나무 한그루가 깜박 잠이 들었을 때 가지 하나로 우연히 태어난다. 기억으로 연결된 그 생성의 바닥에는 무한히 팽창하는 근원적인 자연이 끈질기게 생명력을 유지하며 달라붙어 있다. 기억은 "나 이전의 나무도 나여서 / 내가 모르는 수액을 가득 출렁이"는 태초의 시간으로 데려갈 뿐만 아니라, 나뭇잎 갈라진 틈새의 하늘도 달도, 심지어는 보이는 모든 것이 바로 자신이라는, 나와 사물의 경계가 소멸되는 지점에까지 끌고 간다. 삼나무의 '삼'은 '삶'의 패러디다. 또한 관은 '管'이면서 '棺'이다. 따라서 '나'는 삶나무의 관(管)에서 수천년의 피돌기를 지속하는 영속성의 끈질긴 존재로 뿌리를 내리고 있기도 하지만, 역으로 일상이 감추고 있는 관(棺)으로도 존재한다는, 어울릴 수 없는 인식이 시의 품안에서 적절하게 수용되고 있는 것이다.

자연과의 친화를 노래한 시들은 많다. 그러나 태초의 시간과 공간이 만나는 곳에 놓인 생물로 존재하는, 인류학적 혹은 신화적 상상력에 뿌리를 내리고 있는 시는 드물다. 이런 점이 정복여 시의 긴장감을 유지시킨다.

우리는 앞에서 그의 이러한 자연 지향이 물활론에 그 뿌리를 내리고 있음을 밝힌 적이 있지만, 그 근본적 생성을 이루는 상상력의 최소질료로 참가하는 것이 먼지이다.

　　누군가의 뒤 그 구석구석에

　　털실보푸라기, 모기찢어진날개, 바오밥나뭇잎, 모닥불남은
껍질, 네안데르탈검은머리카락, 피톨속을뛰쳐나온단세포, 책
상모서리떨어진나이테, 페르샤의담요그씨줄, 음표에서흩어
진메아리, 치약을빠져나온페퍼민트향기, 팽이무지개회오리,
대모산가을햇볕, 그리고 부서진사철나무빛방울, 아-이-우-
오-에-으-애-야- 이 균들의 홀씨들,

　　회색 구름뭉치를 닮아 서로 모여 조금씩 움직이기도 하는
　　지구에 부딪쳐, 떨어져, 흩어진,
　　우리는 별의 식구
　　함께, 별이었던

　　떠나온 몸으로 돌아가려 한다
　　　　　　　　──「먼지는 무슨 힘으로 뭉쳐지나」 전문

　　단어의 군(群)들이 먼지처럼 뭉쳐져 있는 이 시에는 그의 자
연 지향의 시들에 나타나는 조어능력과 리듬, 상상력의 원천 같
은 것이 들어 있다.　먼지는 그의 시가 직조하는 빛과 어둠, 소
리와 고요, 소멸과 탄생, 가벼움과 무거움, 상승과 하강의 이미
지 동력이다. 그것의 뭉침과 풀어짐, 가라앉음과 이동, "떠나온
몸으로 돌아가려" 하는 그 이합집산의 형상들로 그의 시는 구
성된다. 우리는 떨어져 있는 한톨씩의 먼지들에서 "지구에 부

딮쳐, 떨어져, 흩어진 별의 식구들"의 실체를 상상한다. 그것은 무거운 세계의 동력학에 대응하는 일이며, 가벼움은 무거움 속에 갇혀 있던 잠재적인 힘의 발현체라는 것을 확인하는 일이다.

5

그는 자신의 시각을 외부와 내면으로 두루 살필 줄 아는 감성과 지적 능력의 소유자이며, 현상의 양면성을 아울러 꿰뚫어볼줄 아는 눈을 가졌다. 그의 시를 읽다보면 사물과 그것들의 미세한 음성, 움직임까지가 살갗에 와닿는다. 그의 시는 단조로운 일상 속에서 접한 가장 사소한 사물이나 인정을 불멸과 무한 속으로 연결시키면서 깊이를 보여준다. 그 미세한 촉수가 내면과 일상, 자연에 골고루 뻗치면서 시를 직조하는데, 어느 곳으로 향하든 그의 시는 개체적 존재와 삶에 대한 성찰을 일구어내면서 생명이 부재한 세계에 식물적 건강성과 생명력을 부여한다. 그는 무거운 이야기를 가벼운 어법과 리듬의 방식으로 처리하여 시를 만든다. 이는 우리들 일상이 근원적으로 거느리고 있는 쓸쓸함과 처연함 같은 감정들을 담담히 받아들이려는 의지이면서, 또한 경쾌하고 가볍게 띄워버리려는 의지이다. 그의 시는 이미지의 가벼움과 존재의 무거움, 그 사이에 존재한다.

시인의 말

　첫번째 시집을 묶는다.

　언제나 한곳에 머무르고 있다고 생각했는데 둘러보니
모두 낯설다. 그리고 아무도 없다. 이제 출발이라고
하기에는 벌써 그동안 많은 것들을 지나왔구나.
내가 말을 채 배우기 전 우리집 앞에는 어른 발목에나
겨우 찰 듯한 아주 얕은 냇물이 있었다. 일찍 배운 걸음으로
늘 물가에 앉아 있었는데, 그 물방울들의 몸짓들이란!
무엇인가 분명하지 않은 것이 어른거리며, 반짝이며,
흔들리며 그리고 멈춘 듯 흘러가고, 흘러오고,
둥글게 휘돌기도 하는 움직임의 놀라움,
그 조용하고 현란함이라니. 그것은 그후
내게 세상 사물들을 읽는 발음기호가 되었다.

　모든 사물들에게는 그러한 떨림이 있다 그러한 움직임과
그러한 부끄러움과 그러한 두려움과 그러한 경이로움,
그것들을 들여다보는 것은 여기 아득한 세계에서 유일하게
나를 읽어나가는 방법이다. 그러니까 한편 내 시는
나를 읽은 그때 냇물이었던 그 물방울들의
떨리는 파장이라고 할 수 있으리라.

　오늘 아침 베란다 햇살이 그 옛날 시냇물처럼 유리문에
얼비친다. 모든 분명하지 않은 것들이여 영원하기를……

어른거림의 혼령들이여~ 화이팅!

　끝으로 이 시집을 계기로 지금까지 사용해왔던 아명이며 필
명인 '정영회'는 본명인 '정복여'로 고쳐 사용하기로 하였음을
밝힌다.

2000년 1월

정 복 여

창비시선 193

먼지는 무슨 힘으로 뭉쳐지나

초판 1쇄 발행 / 2000년 2월 1일
초판 3쇄 발행 / 2018년 1월 31일

지은이 / 정복여
펴낸이 / 강일우
펴낸곳 / (주)창비
등록 / 1986년 8월 5일 제85호
주소 / 10881 경기도 파주시 회동길 184
전화 / 031-955-3333
팩시밀리 / 영업 031-955-3399 · 편집 031-955-3400
홈페이지 / www.changbi.com
전자우편 / lit@changbi.com

ⓒ 정복여 2000
ISBN 978-89-364-2193-9 03810